Die Braut des Dämons will gegessen werden

2

Keiko Sakano

Die Braut des Dämons will gegessen werden

2

Inhalt

Die Braut des Dämons will gegessen werden
Kapitel 6

Ent-
spannt
...
... und
gemüt-
lich.
Zzz
すやあ

Mashiro, eine Menschenbraut, die ihr Leben lang darauf wartete, von einem Dämon gegessen zu werden …
… und Doji Shuten, Oberhaupt der Dämonen, der ihr Leben lang über sie wachte.
Die beiden reden vor lauter Liebe oft aneinander vorbei …
… doch allmählich zeichnet sich ein Fortschritt in ihrer Beziehung ab.
H…
Herr Shuten …

Wenn du nicht bald gehst ... ... kommst du sicher zu spät.
Kuschel すり
Kuschel すり
Hmm ...
Ich hab mich noch nicht genug an dir gesättigt.
»Ge-sättigt« ...?

Dodomm
An deinem Duft, zum Beispiel ...
Hoffentlich rieche ich nicht seltsam ...
Dodomm
... oder an deinem Geschmack ...
Hiah!
Zuck
Leck
Zitter Zitter
Ich war zu übermütig!
Entschuldige, war das zu viel?
N...
Nein ...
Es hat nur gekitzelt.
Also mach bitte weiter, bis du befriedigt bist!
Äh ...?!
Wenn das so ist ...
Schwupp

Dann hätte ich gern einen Abschieds-kuss von dir, Mashiro.
Äh?!
Hm
Grins
Ha...

Hab einen schönen Tag …
Küss
ちゅっ
Speiseplan
Hahh …

Ich könnte vor Glück glatt zerfließen ...
Schmelz
Wie ich für ihn wohl rieche?
Selbst kann ich es gar nicht sagen ...
Snff
Snff
Herr Shuten ...
Tick
Hoffentlich ist er bald zurück ...
Tack
Schmelz
...
...
Schmelz
...
Nein!
Gah

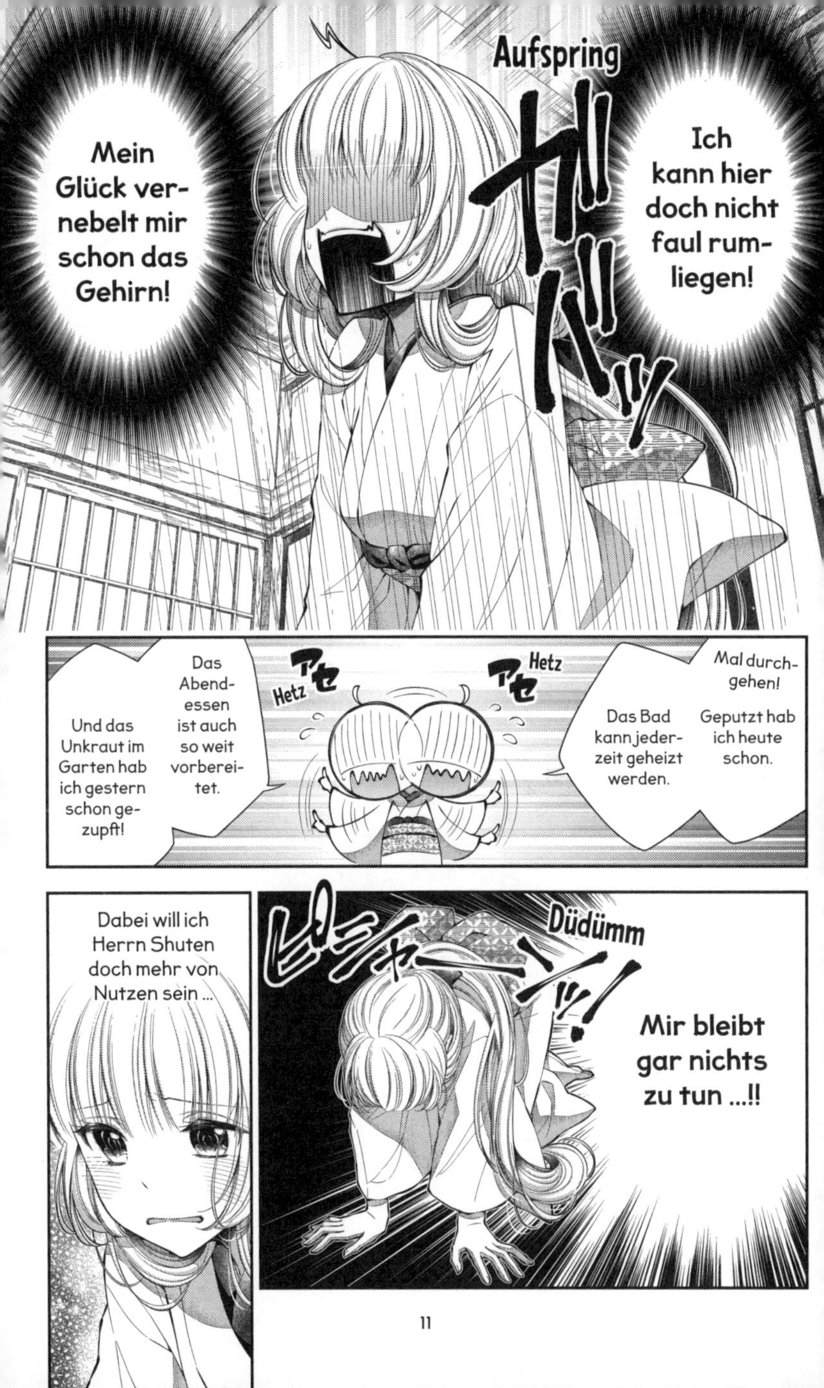
Aufspring
Ich kann hier doch nicht faul rum-liegen!
Mein Glück ver-nebelt mir schon das Gehirn!
Hetz
Hetz
Mal durch-gehen!
Geputzt hab ich heute schon.
Das Bad kann jeder-zeit geheizt werden.
Das Abend-essen ist auch so weit vorberei-tet.
Und das Unkraut im Garten hab ich gestern schon ge-zupft!
Düdümm
Mir bleibt gar nichts zu tun ...!!
Dabei will ich Herrn Shuten doch mehr von Nutzen sein ...

Ich ging immer davon aus, dass Herr Shuten mich essen würde.
Mir fällt gar nichts ein ...
... wie ich auf anderem Wege hilfreich sein kann.
Vor unserer Heirat habe ich verschiedene kleine Arbeiten verrichtet ...
... aber auf meine jetzige Situation lässt sich das kaum anwenden.
Was möchte ich selbst künftig ...
... an Herrn Shutens Seite ...

Schock
Ich hab vergessen, ihm sein Mittagessen zu geben!!
Regierungszentrale
Wusel
Wusel

Grins
ニヤ
Grins
ニヤ
Der Boss ist gut gelaunt!!
Das ist mir nicht geheuer!
Unruhig
ざわっ
Hat er endlich doch den Menschen gefressen?
Es geht doch nichts über ein gutes Mahl.
Ich hörte ein Gerücht, dass er neulich ...
... in Begleitung einer Dämonin gesehen wurde!
Flüster
ヒソ
Flüster
ヒソ
Etwa seine ...
... Geliebte?!
Welch frohe Kunde!
Ich war schon besorgt, er würde nie eine Frau finden!
ぽややや～ん
Schwärm
Mashiros Lippen ... Sie waren so unglaublich weich ...
Etwas Köstlicheres gibt es nicht!

Hach ...
Ich will schnell wieder nach Hause! ♡
Ah
はっ
Starr
じっ…
ゴホン
Hüstel
Was ist, Komamaru?
Da hab ich doch glatt vergessen, erhaben zu wirken.
Euer Glück erfreut mich überaus, mein Gebieter ...
... doch Herr Yasha scheint da anders zu denken.
Jetzt fang endlich ...
... an zu arbeiten!
バキョッ
Kracks
Wah!
Gar nicht gemerkt!
Zudem steht am Nachmittag doch noch hoher Besuch an.
Stimmt ja.
Er kommt ja heute ...
Wie lästig.

Klapper
Klapper
Ver-schwinde, ab nach Hause!
Ohne Termin ist der Zutritt verboten!
Domm
Oje, was nun?
Das Tor spricht ...
Ich hab es bis hierher geschafft ...
... aber nun komme ich nicht rein?!
Klebe-hörner zur Tar-nung
Wenn ich Herrn Shuten nicht bald sein Essen gebe ...
... klappt er vielleicht noch vor Hunger zusammen!
Plumps
Grrmlgrr
Schluck
Dann muss ich wohl über die Mauer klet...
Macht unverzüg-lich auf.
Gwipp

Diese junge Dame ist meine Begleitung.
Hhh?!
Gjah!
Ihr seid ...?!
Bitte vielmals um Entschuldigung!
Bitte, tretet ein!
Kriiee
Wer?!
Ähm ...
Psst.
Du möchtest doch durch das Tor, oder?
Wah!
Was für eine schöne Person ...

Hier arbeitet also Herr Shuten ...
So groß!
Ich dachte schon, ich müsse über die Mauer klettern!
Vielen Da...
Mo-ment.
Domp
Du bist sicher ein Genuss!
»Ein Genuss« ?!
Streich
Noch dazu ...

... rieche ich Shuten an dir.
Bist du etwa sein Mädchen?
M... Mädchen?!
Ist dieser Mann ein Bekannter von Herrn Shuten?
Aber ich kann mich ihm auch nicht leichtfertig als Herrn Shutens Frau vorstellen.
Zöger
むむ…
Na ja, ist mir auch egal.
Wenn du mir danken willst, wie wär's mit einem Kuss?
Kipp
クイッ
Äh ...?!
ちゅっ
Küss

Mit einem Kuss kann ich leider nicht dienen!
Block
Vielen Dank für die Hilfe!
Stürm
Auf Wieder-sehen!
Wie schade.
Flapp
Aber was soll's.
Als Danke-schön soll mir dies hier auch recht sein.

...ru!
...maru!
Koma-maru!
Fuchtel
ぶんぶん
Fuchtel
Tapp Tapp Tapp
たったった
Frau Braut?!
Bin ich froh, dich gefunden zu haben!
Das obere Stockwerk war also das richtige!
Was macht Ihr denn hier?
Ich wollte Herrn Shuten sein Essen bringen.
Mein Gebieter befindet sich in diesem Zimmer.
Tatsächlich?!

So majestätisch! ♡
Wollt Ihr gar nicht zu ihm gehen?
Kyuu
Murmel
Ich will ihn nicht bei der Arbeit stören.
Murmel
Ach ja!
Ich habe auch Portionen für dich und Yasha dabei!
Diesmal sind mir die Tofutaschen sehr gut gelungen.
Flur
Nanu? Reichen die gar nicht?
Fwsch
Wie?!
Besteht das Mahl meines Gebieters etwa auch komplett aus Tofutaschen ...?
Ja!
Wieso?
Brrr
Einfach hervorragend.

Mamp
モグモグ
Mampf
Von diesen Tofutaschen ...
... nehme ich sehr gerne noch mehr.
Ah!
Komamarus Tofutaschen!!
Keine Begrüßung?!
Hi hi
So trifft man sich wieder.
Gar nichts mehr drin ...
Warum hattest du die denn?
Ach, die Box?
Die hab ich vorhin aus deinem ...
... Bündel stibitzt.
»Stibitzt« ...?
Heißt das ...

Er war so hungrig, dass er stehlen musste?!
Der Arme!
Frau Mashiro hat wohl wieder absurde Gedanken!
Schock
Du musst ja geradezu unter ...
... Todesqualen gelitten haben.
Zitter Zitter
?
Hm?
Äh ...? Ja.
Hab ich.
Die restlichen Tofutaschen kann ich dir nicht geben, aber ...
... ich hoffe, du kannst deinen Hunger hiermit stillen!

Aber von nun an …
… stiehlst du bitte nicht mehr!
Ver-sprich es mir, ja?
Tadel
めっ!
Ich wurde getadelt …

... Was ist das?
Meine Notfall-ration!
Das schmeckt auch lecker!
Flupp
F... Frau Braut, dieser Herr ist ...
Prust
Nicht nur, dass ich belehrt wurde ...
... nun erhalte ich auch noch Almosen!
Ist das die japanische Flagge?!
Ha ha
Ha ha

Deine Ignoranz …
… ist geradezu Furcht ein-flößend!
Aber …
… seltsa-merweise stört mich das nicht.
Srrt
Hey!

Pfoten
weg von
meiner
Braut!

Herr Shuten?!

Warst du nicht in deine Arbeit vertieft?
Solchen Lärm vor der Tür hör ich natürlich.
Fang
Pass auf, Mashiro.
Das ist kein gewöhnlicher Schürzenjäger, sondern …
… das Stammesoberhaupt der Fuchsgeister.
Fwipp
Tamamo.

Kapitel 7
Das Stammes-oberhaupt ...
... der Fuchsgeister. Tamamo ...?
Also ...
Jemand total Wichti-ges?
Er sieht so flau-schig aus.
Es interes-siert mich nicht, an wie vielen Frauen du dich vergreifst ...

... aber wage es nicht, meine Braut anzufassen!
Oho?
Sollte die Dame nicht selbst entscheiden können ...
... ob sie meiner Schönheit verfallen will?
Knister
Knister
Knister
Press
I... Ich seh nichts mehr ...
Kicher

Kapitel
7

Und überhaupt. »Meine Braut«, sagst du?
Du hast erneut geheiratet?
Äh?
»Erneut« ...?
Ah! Meint er die Hochzeitszeremonie?
Das geht dich gar nichts an.
Aber dieses Mädchen ist ja noch unberührt.
So ernst scheint dir der Besitzanspruch nicht zu sein.
Erröt
...!
Brodel

Klonk
Be-ruhige dich.
Abstell
Yasha! Du ...!
Ging das nicht etwas sanfter?
Verbeug
Ich bitte Euch, die Unhöflichkeit meines Herren zu verzeihen.
Den-noch ...
... frage ich mich, ob Ihr nicht ...
... den Grund für Euer Kommen vergessen habt?

Hm
Wenn ich mich recht entsinne, wollten wir ...
... einen Friedenspakt zwischen Fuchsgeistern und Dämonen schließen.
Klapp
Äh?!
Um so eine wichtige Angelegenheit geht es?
Bitte folgt mir in den Verhandlungsraum.
Nicht nötig.
Hah?
Es wär doch langweilig, den Vertrag ...
... einfach so zu unterschreiben.
Plonk
Wenn ihr meine Unterschrift wollt, leiht mir ...

Flapp
... im Gegenzug für einen Tag diese junge Dame!
Nur wir in trauter Zweisamkeit!
Wusch
?!!
Bist du jetzt völlig verrückt?!
Pfoten weg!
Schnapp
So ist es doch viel lustiger!
Passenderweise hat mich diese Dame eh schon interessiert.
Nichts da, vergiss es!
Dann kann der Friedenspakt ja in den Müll.
Was?!

Krrrackkks
Wie du willst. Dann heißt es eben Krieg!!
Ni…
Nicht doch! Auf gar keinen Fall!
Wah
Jetzt reicht's aber, du Hitzkopf!
Schrumpft dein Gehirn, sobald es um Mashiro geht?!
Mein Gebieter!

ぬう…
Sträub
Wenn es in meiner Macht liegt, irgendwie zu helfen …
… dann möchte ich das tun!
Also sprich bitte nicht so leichtfertig von Krieg …
… Herr Shuten!
Ist ja schon gut.
Ich erlaube es.

Garten

Und was will er hier?
...
Ähm ... »Ich bin ein Stuhl«, hat er gesagt ...
Betrug!
Hmm ...
Als Stuhl kann er ...
... kein einziges Wort von sich geben, oder?
Äh?!

Äh ...
So ist es!
Als Stuhl hat Herr Shuten nichts zu sagen!
!!
Pfff
Ist auch gar nicht nötig.
Ich wollte mich ja eh nur mit dir unterhalten, Mashiro.
Kicher
Er wagt es, meine Braut so vertraut beim Vornamen zu nennen!
Grrr
Worüber möchtest du denn reden?
Hi hi
Du brauchst nicht so nervös zu sein.
Wir können auch über Belangloses plaudern. Mir ist alles ...

… re…
Tschack
ゴスッ
Grrr
Mordlust
Halt mal!
Der Stuhl hat sich bewegt!
Poch
Poch
»Anfassen streng verboten«, hieß das wohl.
Von wegen Stuhl, ein Wachhund ist das!
Waah
かあっ

Raschel
Raschel
Nicht auszuhalten!
Kann er überhaupt noch tiefer sinken?
Zum Glück kommen keine anderen Ayakashi in diesen Garten ...
Meint Ihr, wir sollten eingreifen?
Nein ...
Tamamo weiß sicher selbst, wie wichtig dieser Pakt ist. Ich glaube nicht, dass er ...
... seine Einwilligung ernsthaft zurückziehen will.
Andererseits ...
Andererseits?
Vielleicht stellt sich am Ende Shuten quer ...
Welch heikle Situation.

Nun, dann ... will ich doch mal das liebevoll von dir zubereitete Gericht kosten.
Der Reis ist ganz besonders köstlich!
Mampf
Oh? Dieser Reis ...
Schön warm, nicht wahr?
Den hab ich als Sonderpreis für meinen Sieg im »Wettessen der Füchse« erhalten!
Er schmeckt immer wie frisch gekocht, egal wie viel Zeit vergeht!
Dampf
Dampf
Äh?!
Die Dämonin, die einen neuen Rekord aufgestellt hat ...
... warst du, Mashiro?!
Whamm
Ich hatte mir eine gigantische Dämonenfrau vorgestellt.
Dieses Wettessen ließ ich veranstalten.

Ach?!
Ich habe heute versucht, genau so leckere Tofutaschen zu machen, wie es dort gab!
Des-halb haben sie mir also so gut ge-schmeckt!
Je mehr man kaut, desto mehr vermischt sich der Saft des frittierten Tofus auf wunder-bare Weise mit dem süßlichen Geschmack des Reises ...
Jene Tofu-taschen waren wie aus einem Traum!
ほぅ
Schwärm

Das freut mich.
Auf die Tofutaschen ist mein Volk sehr stolz.
Wir Fuchsgeister dienen dem Gott der Fruchtbarkeit, weißt du?
Reis hat eine besondere Bedeutung für uns.
Dieser Reis verdankt seiner Zubereitungsart nicht nur Glätte und Glanz ...
... sie entfaltet auch sein volles Aroma.
Daran kann ich erkennen ...

... dass du ihn mit viel Sorgfalt ...
... und Liebe zubereitet hast.
Zuerst nach und nach ...
... und dann paff-paff!
Nicht wahr?
Die Regel des Reiskochens!
むー
Schmoll

Jetzt diskutieren die beiden angeregt über Essen – ein Thema, das Mashiro liebt!
Verdammt.
Sie sieht so glücklich aus, obwohl sie ...
... mit jemand anderem als mir ...
Ah!
Ein Reiskorn!
Pflück
Bloß nichts verschwenden.
Hamm

Ah
はっ
Beim Essen vergisst Mashiro jegliche Vorsicht!
Keine Spur von Wachsamkeit!
Düdümm
警戒心ゼロ!
Verzeihung, das war unangemessen ...
Kein Problem ...
Etwas beängstigend, dass sie so etwas ganz ohne Hintergedanken tut.
Ach ja!
Hier, Mashiro! Mach »Ah«!
I... Ist das nicht etwas ...
Äh?!
Was?!
Das »Ah♡«, das noch nicht mal ich ihr entlockt habe?!

Krackkk
Zermalm
Knirsch
Grrrr
Ah!
Knoaaaarrr
V... Verzei-hung ...
Prust

Ha
Ihr zwei!! Schon die ganze Zeit ...!
Das ist ja die reinste Posse mit euch!!
Ich kann nicht mehr!!
Meine Schönheit interessiert Mashiro nicht im Geringsten ...
... doch sobald es um Reis geht, ist sie Feuer und Flamme!
Sogar ihr Magen meldet sich zu Wort!
Während Shuten stur den stummen Stuhl spielt!
Wa...
Du hast mir doch das Sprechen verboten!
Hust
Hust
Aber dass du dich dann so brav daran hältst ...?!
Hat er sich die ganze Zeit das Lachen verkniffen?
Kicher
Shuten ...
Schön, dass er sich so amüsiert ...

Ich fand dich früher immer steif und langweilig, aber irgend-wie ...
Ha
Ha
... bist du nun ...
... viel ver-gnüglicher geworden.
Zack
キッ
Wer ist hier vergnüg-lich, Hohl-kopf?!
Brauchst du einen Spiegel?
Du spielst ja immer noch den Stuhl.
Ich ver-mute ...
... deine Wandlung ...
Flipp
ピッ

ひらりっ
Flatter
... haben wir deiner süßen Braut zu verdanken, oder?
ぽんっ
Poff
Ist das ...?
Der Friedensvertrag.
Mit meiner Unterschrift.
Aber ich habe doch noch gar nichts ...
ふふっ
Kicher
Doch, du hast mich prächtig unterhalten!
Als Oberhaupt der Fuchsgeister ...
すっ
Swsh

... schwöre ich, diesen Frieden ewig zu bewahren.
Küss
ちゅっ

Tamamo!!
Ich bring dich um!
Box
ブンッ
Ausweich
ひらりっ
Ups, wie gefährlich!
Ich sollte mich wohl nun verabschieden. ♪

Mashiro!
Mach doch nächstes Mal extra für mich Tofutaschen!
Lebt wohl!
Was für eine geschäftige Person ...
Aber gut, dass der Pakt zustande kam!
Nicht wahr, Herr Shu...
Huch?!
Schmoll

Kapitel 8
Schmoll
ムスーーッ
Herr Shuten ist verärgert ...!
Da wir den Friedenspakt mit den Fuchsgeistern schließen konnten ...
... dachte ich, ich hätte endlich etwas Nützliches getan.
Habe ich mich zu sehr eingemischt ...?
Herr Shuten ...
Ich möchte dich nicht noch mehr bei der Arbeit behindern.
Ich gehe wieder, ja?
Kommt nicht infrage.
ぎゅうっ
Drück
Äh ...?

NEKOMATAS
KITA
Er hat mich in den Kindergarten gebracht ...!!
Bin ich etwa ...
... so unfähig ...?!
Schock

Kapitel
8

イラ
Grroooooo
イラッ
Der Boss ist wieder erzürnt!!
Vorhin war er doch noch so gut gelaunt!
Unruhig
ざわっ
Es gab Streit mit Herrn Tamamo!
Wie ich hörte, ging es um diese Dämonin!
Sie ist doch nicht etwa zweigleisig gefahren ...?!
Flüster
ヒソ
Flüster
ヒソ
Düdümm
Was für eine Hexe ...!!
Ungeheuerlich!
Hey, Shuten ...
Findest du's nicht etwas übertrieben, deine Frau in die Kita zu stecken?
Es wär viel zu gefährlich, meine süße Mashiro ganz allein ...
... nach Hause gehen zu lassen!

Schließ-lich wird es schon lang-sam dun-kel!
Gefährliche Ayakashi beginnen sich zu regen!
Stimmt schon, bei Meister Nekomata ist sie sicher.
Du hast also in erster Linie an Ma-shiros Sicher-heit ge-dacht.
Ich dachte schon, die Eifersucht wär mit dir durchge-gangen.
Puh…
Eifersucht …?
Als ob ich, der Anführer der Dämonen, je eifersüchtig sein könnte.
Hah?
M…
Meint er das ernst?!
Obwohl er immer so offen besitzer-greifend ist?!

NEKOMATAS
KIT
Be-
schäftigt,
miau,
beschäf-
tigt!
Sogar
eine Katze
wär mir eine
willkommene
Hilfe!
Mjamm
Mjamm
Eine
große Katze
fragt nach
der Hilfe
einer Katze
...
Im
Schlaf ...
Süß!
Pfii
Pffuh
Pffah
Schnarch
Schnarch
Meis-
ter!
Wach
auf!
Mhh
Hunger,
miau!
Noch
fünf
Minuten,
mja ...
Schnarch
Ähm ...
Soll ich
vielleicht
helfen?
Wie?!
Das
wär toll,
miauu
...

Ich bin Nekomata. Mir gehört diese Kita.
Alle nennen mich »Meister«.
Quietsch
Maunz
Kuller
Kuller
Fiep
Miaaau
»Meister«?
Und du bist Mashiro, miau.
Du wurdest mir von Shuten anvertraut.
Herr Shuten ...
Knuuurr
Ah!
Miau. Könntest du den Kleinen als Erstes etwas zu Abend kochen?
Dir selbst natürlich auch, miau.
Schmiaunzel

Srrt
Hier sieht es etwas chaotisch aus.
Türm
Ich stell erst mal alles beiseite, was ich nicht brauche.
An Zutaten ...
Klapper
Schepper
... sind hier haufenweise getrocknete Fischflocken und Krebsfleischimitat ...
Wah!
Und hier Unmengen an kaltem Reis?!
Plupp
Dürfen wir ...
... auch helfen?
Wah!
Wie lieb!
Könntet ihr für uns alle Teller abwaschen und herbringen?
Jaa!
Hi hi!
Das erinnert mich an früher ...

Und der »Katzenreis mit Fischflocken, Krebs und Ei« …
… ist fertig!
Früher half ich oft in der Tempelschule aus.
Ob Mensch oder Ayakashi, Kinder sind Kinder.
Niedlich!
ドドン!
Waah
Tadaa!
Dieser Geschmack geht uns Katzen durch Mark und Bein, miau.
Respekt! Du hast aus so wenigen Zutaten so ein Festmahl gezaubert, miau!
まふまふっ
Mjamm
Mjamm
Wären Katzenzungen weniger hitzeempfindlich, hätt ich schon alles heruntergeschlungen.
もぐ
Mampf
Sonst gibt's immer kalten Reis mit Fischflocken.
もぐっ
Mampf
ハフ
Hamm
Warmer Reis ist guuut!
ハフッ
Hamm
Katzen hassen Feuer.
Gibt es was Besseres als Fischflocken?
Ich bin froh, dass es euch schmeckt!

Njamm
うまうま〜
Njamm
Mampf
もっもっもっ
Mampf
Mampf
Haps
ぱくっ
Oh, nanu?
Essen gehört in den Mund!
Ah
はっ
Schon wieder benehme ich mich unmöglich ...
Verzeihung. Eine Angewohnheit von früher ...
Miau, was ist los?
Ich fand daran nichts komisch.
Und dann passierte das und das ...
... und nun ist Herr Shuten wegen mir verärgert.
Domm
ずうーん…
Mjaah
なぁ〜ん

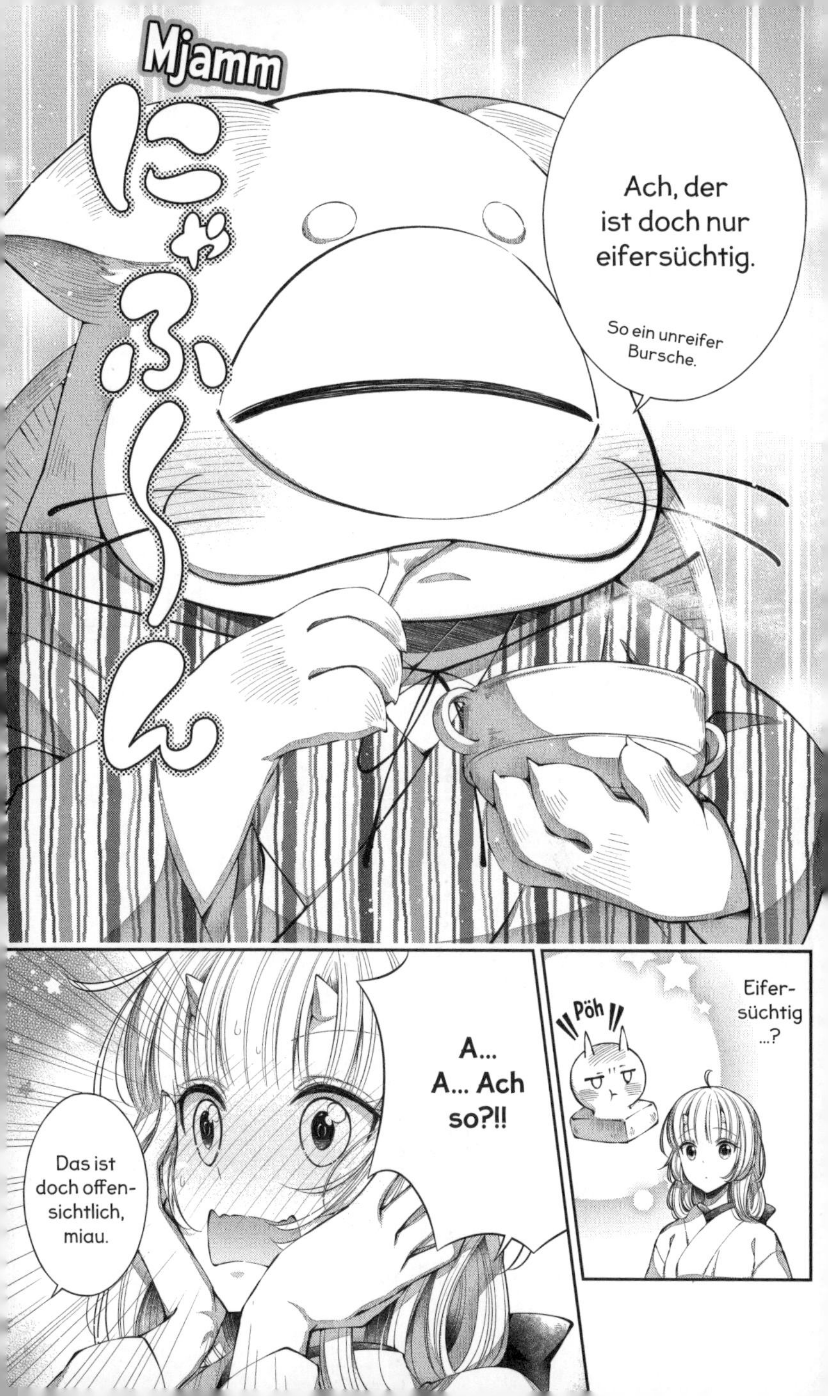
Mjamm
にゃふぅ
Ach, der ist doch nur eifersüchtig.
So ein unreifer Bursche.
Eifer-süchtig ...?
Pöh
A... A... Ach so?!!
Das ist doch offen-sichtlich, miau.

Herr Shuten ist meinetwegen e… eifersüchtig?!
かぁ~っ
Waah
Erinnerst du dich an noch mehr Details, miau?
Während ich auf Herrn Shutens Schoß saß …
… sprach ich von den leckeren Tofutaschen, die ich für Herrn Shuten kochen möchte …
… und über den Reis, den ich für ihn zubereitet habe …
Drucks もじ
Drucks もじ
Drucks もじ…
Warum sollte er also eifersüchtig sein …?
Im Kopf dieses Mädchens nimmt Shuten ja fast sämtlichen Platz ein!
Miaauu. Verstehe.
Es täte dir sicher gut, neben ihm noch andere Interessen zu haben.
Andere Interessen …?
Ich kenne sonst ja nur Herrn Yasha und Komamaru …

So vergrößerst du deine eigene Welt, miau.
Gwip
Wie wär's, wenn du ein bisschen hier arbeitest?
Äh?! Aber ... Wär das denn ...
Ich kann jede Hilfe gebrauchen, miau.
Das habe ich auch schon Shuten mitgeteilt, aber es scheint ...
... niemand hat Zeit.
Herr Shuten konnte niemanden finden ...?
Wenn ich also hier arbeite ...
... kann ich Herrn Shuten von Nutzen sein!!
Bereit
Ist das eine Endlosschleife, miau?
Gruselig. Aber egal, miau.
Überleg's dir mal in aller Ruhe, miau.

Zu Hause ... vor dem Bad.
So! Auf dem Heimweg hab ich mich nicht getraut ...
... aber sobald Herr Shuten aus dem Bad kommt, frag ich ihn wegen der Arbeit als Aushilfe!
Wir haben nur still Händchen gehalten ...
Aaaah! Ob Herr Shuten wirklich eifer-süchtig ist?!
Dodomm
Dodomm
Ist dieser Gedanke nicht zu anmaßend von mir?!
Srrt
Puh
Das tat gut ...
Dampf
Dampf
H... Hier, ein Hand-tuch ...

Tapp すた Tapp
Hmpf
Tapp すた Tapp
Er ist total sauer ...!!
Dü dü dümm ダラダラダラ…
Von wegen eifersüchtig!
Badumm ずごぉん…
Da Eifersucht es einem schwer macht, ehrlich zu sein, meidet man die andere Person oft, miau.
Am besten, du gehst selbst auf ihn zu, Mashiro.
Er sehnt sich sicher nach dir, miau.
...!
Ich versuch's noch mal!
Paa ばっ

Grml
Grml
Ver-dammt. Was ist mit mir?
Vor-hin schien Mashiro etwas auf dem Herzen zu haben, aber irgendwie konnte ich mich nicht dazu durch-ringen zu fragen ...
Wieso bin ich so kalt zu ihr?
Herr Shuten!
D... Darf ich?!
Klatsch.
Uwah?!
Rubbel
Mit den nassen Haaren erkältest du dich noch.
Rubbel
...
Ähm ...

I..
Ist es wahr ...
... dass du heute wegen mir eifersüchtig warst ...?
G... Gar nicht! So ein Unsinn ...!
Graa
ガバッ
J... Ja, natürlich nicht!
わたわたっ
Fuchtel
Fuchtel

Aaaah!
Ich lag falsch! Was dachte ich mir nur dabei?!
Domm
Domm
Domm
Wie peinlich!!
Da will ich mutig sein und blamier mich nur! Ich Dummkopf!
Dodomm
Eifersüchtig? Ich?!
odomm
Kommt nicht infrage!!
Reiß dich zusammen! Als Oberhaupt, als Dämon ...
Meine Würde ...
Herr Shuten ...
Es tut mir leid wegen heute.
Hm?
Ich hätte mich nicht in so eine wichtige Angelegenheit ...
... einmischen sollen.
Wieso? Du hast nichts falsch gemacht. Im Gegenteil!
Dank dir konnte der Friedenspakt realisiert werden.
Aber ... Du bist mir doch wegen etwas böse ...?
Böse?! Wie kommst du darauf?
Schon die ganze Zeit ...

... vermeidest du es ...
... mich richtig anzuschauen.
Nein! Das war doch nicht ...
Das Gespräch mit Tamamo schien Mashiro so viel Spaß zu machen.
Als er dann auch noch ihre Hand küsste ...
... fühlte es sich an, als würde mir etwas Wichtiges gestohlen.
Dieses düstere Gefühl ließ mir keine Ruhe ...
»Ich dachte schon, die Eifersucht wär mit dir durchgegangen.«

Du hast recht ...
Drück
ぎゅううっ
Ich bin total eifer-süchtig.

Niemand darf dich mir weg-nehmen.
Du gehörst ...
... doch nur mir, oder ...?
Kyuuu
きゅううぅん

Alles an mir, von Kopf bis Fuß ...
Drück
... gehört nur dir, Herr Shuten!
...!

Urgh うぐっ
Wie erbärmlich von mir ...
... so besitzgierig zu sein.
Bei Mashiro kann ich keinen kühlen Kopf bewahren.
Die Sehnsucht, sie ganz für mich allein zu haben ...
... lässt Dinge wie Würde und Verantwortung zunehmend unwichtig erscheinen.
Es fällt mir immer schwerer, mich zu gedulden ...
Alles ist gut!
Du darfst ruhig erbärmlich sein. Mach dir keine Sorgen!

Ich mag dich auch dann!
Ich kann mir also alles erlauben?
Alles, was du willst!
Ich kümmere mich um dich!
Wenn du mich so verwöhnst ...

Küss
ちゅうっ
... nehme ich keine Rücksicht mehr.

Jetzt sehen alle ...
ちゅ…っ
Küss
Jetzt weiß ich ...
... dass du mir gehörst.
... allmählich gar nicht mehr ...
... wer hier eigentlich wen verwöhnt?
Ja ...
Mehr Hilfe für mich gleich mehr Mittags-schläfchen für mich, miau.
にゃふ〜ん
Gähn
Das Thema Aushilfsjob hat Mashiro an diesem Abend dann völlig ver-gessen.

Kapitel
9

Aaaah, Mashiros Brüsteee ...!!
Aaaah!
Oh nein! Meine Brüste berühren sein Gesicht!!
Zu viel ... ... Brust.
バク Dodomm
バク Dodomm
バクッ Dodomm
パフ Puff
パフ Puff
パフ Puff

Srrt
ガラララッ
Waah!
Die Berge sind ganz weiß!
Brrr!
Kein Wunder, bei dieser Kälte ...
Schon wieder Winter.
Mummel
ずる
Mummel
ずる…
Du sagtest mal, dass du die Kälte nicht magst ...?
Ja!
Am liebsten bliebe ich unter der Decke.
Nutzen wir heute doch den freien Tag ...
... um alles für den Winter vorzubereiten.
Okay!

Plitsch
So eisig ...
Platsch
Brrr
... kalt!
Ist das ...
... die Stelle, wo Herr Shuten mich ...?!
röt
V...
Vielleicht kann ich es mit meinem Kragen verdecken!
Uwaaaah
Äh? Darf ich es denn verdecken?
E... Erst mal muss ich mich wieder beruhigen!!
Dodomm
Dodomm
Dodomm
Da fällt mir ein ...
Ich hab Herrn Shuten noch gar nicht gefragt ...
... ob ich in der Kita arbeiten darf!
Das hole ich heute nach!
Bitte komm und hilf mir, miau!

Du willst dort aushelfen?
Ja!
Es scheint da an Arbeitskräften zu fehlen, daher dachte ich, ich könnte mich nützlich machen ...
Nur ein paar Mal pro Woche ...
Hmm ...
Gestern ist sie nur deshalb Tamamo begegnet, weil sie mir Essen bringen wollte.
Was, wenn ihr das nächste Mal ein noch ...
... viel schlimmerer Typ nachstellt?!
Bist du dagegen?
Na ja, schon ...
... aber ...
Drop
Ah!!

Ich bin ja schon wieder so vereinnah-mend!
Schock
Egal wie oft sie mir noch verzeihen will ...
Ich darf ihre Gut-herzigkeit nicht aus-nutzen!
Die richtige Antwort ist hier ein lächelndes »Nur zu ♡«!
Überwind

Gnnnh
D...
Die Entscheidung fällt ihm so schwer!
Schock
Hält er mich denn für komplett unfähig?!
Ich bereite schon mal das Frühstück vor ...
Schlurf
Schlurf
Äh?!
Ah ...!
Ich hab den richtigen Zeitpunkt verpasst ...!

Wie kann ich Herrn Shuten bloß zeigen, dass er sich auf mich verlassen kann ...?
Schlürf
Wie kann ich das Thema ansprechen?
Irgendwie fällt es mir immer schwerer ...
Schlürf
Man beginnt am besten immer direkt im Hier und Jetzt!
Nach dem Essen können wir gleich die Wintervorbereitungen starten.
Ja, das machen wir.
Gut ... Wenn wir damit beschäftigt sind, kann ich es ganz beiläufig erwähnen.

Mashiro ...
Wusel
Wusel
Herr Shuten! Kommen die Sommersachen in den Schrank hinten?
Ah ... Ja.
Ich wollte dir ...
Herr Shuten! Was ist hier drin?
Hab ich gefunden!
Wusel
Wusel
Wintersachen
Das müsste der beheizbare Tisch sein.
Ein Heiztisch?!
Strahl
... Wollen wir ihn aufstellen?
Oh ja!

Waah!
Fertig!
Eigentlich ist er nur für eine Person, deshalb ist er so klein.
Streich さす…
Ta dah!
In meiner Erinnerung …
… war dieser Heiztisch nie besonders warm …
Ich freu mich schon darauf, abends das Feuer anzuzünden! ♡
Aber das ist ja jetzt egal.
So, und weiter geht's!
Hopp
Äh?! Schon?!

Und inzwischen ...
... ist es längst Abend, aaaah!
Graaah
ぐああー
Mashiro ist heute überhaupt nicht ansprechbar?!
Warum?!
Tock Tock
Gebieter, Frau Braut!
Seid Ihr da?
Ich komme, um bei den Wintervorbereitungen zu helfen!
Komamaru!
Wie lieb von dir!
Kalt, nicht wahr?

Ich habe Euch Mandarinen aus meiner Plantage gebracht!
Oh! Danke.
Waah! Die sehen ja lecker aus!
Mandarinen mag der Winter am liebsten.
»Der Winter«?
Gut, dass du hier bist!
Hör mal …
Tuschel
Hm! Frau Mashiro möchte in der Kita aushelfen?
Genau. Irgendwie kam mir das Timing abhanden …
Also … Ihr braucht einen Anlass!
Überlasst das nur mir, Gebieter!

Aus diesem Grund ...
... veranstalten wir ein Kochduell!
Dooong
Aus welchem Grund?
Hey, Komamaru!
Wie soll daraus ein Anlass werden?
Ihr lasst Frau Mashiro gewinnen und als Belohnung ...
... erfüllt Ihr ihr einen Wunsch!
I...
Ich verstehe ...!
Komamaru, warum ...?
Wenn Ihr gewinnt ...
... erlaubt Euch mein Gebieter, in der Kita auszuhelfen!
I...
Ich verstehe ...!
Aber woher weiß Komamaru davon?

Das sind die Regeln:
Ihr beweist beide Eure Kochkünste und verleiht Euch gegenseitig Punkte!
Wer mehr Punkte erhält, gewinnt ...
... und darf sich etwas vom Verlierer wünschen!
Ich kann Mashiro also einfach die volle Punktzahl geben!
He he!
Der Ausgang steht also schon fest!
Dann beginnt bitte, mein Gebieter!
Okay.
Dooong
Rrssch
Etwas Simples ... Ich schneide einfach Streifen.
Ra tscha ta ta tatsch
Wow, Herr Shuten!

Ich hab noch nie gesehen, wie jemand so geschmeidig mit dem Messer umgeht!
Kyu
Kyuu
Hm?
Ach so?
Ich kann noch ganz andere Sachen.
Ratschwuaah
Welch fabelhafte Technik!
Und wie gefällt dir das hier?
Rsssssssssh
Als würdest du Rettich in Seide verwandeln...!
Schwärm
Das kann nur mein Gebieter!
Und, die Bewertung ...?!

Schwupp
100 Punkte
Ich liebe dich ♡
Die volle Punktzahl! Sie hat nichts zu bemängeln!!
100
Äh!?
Domm
So war das aber nicht geplant ...!!

Ent-schuldi-ge, Ma-shiro ...
Du brauchst dich doch nicht zu ent-schuldigen!
Doch ...
Ich hab nämlich ...
... vor lauter Eifer auch deine Zutaten verarbeitet.
Uwaauh!
きゅん♥
Kyuu

Den Wettbewerb mussten wir abbrechen ...
... doch dafür haben wir nun ein leckeres Abendessen!
Dampf
グツ
Dampf
グツ
Dampf
グツ
Dampf
グツ
Mampf
もぐもぐもぐ
Mampf
Mampf
Die Nacht wird sicher kalt.
Mampf
はふ
Mampf
はふっ
Wie schön, jetzt etwas Heißes zu essen!
Mampf
もっもっもっ
Ja ...

Wenn man so gemeinsam am Esstisch sitzt …
… ist einem richtig schön warm!
Stimmt ja …
Als ich das letzte Mal an diesem Tisch saß …

... war ich allein.
Hmm
Es ist wirklich warm.

Puuh ...
Nach dem Essen ist mir rich-tig heiß!
Ich lass etwas frische Luft rein.
...
カララ… Srrt
So kühl!
Ich sollte es endlich anspre-chen ...
... statt noch ewig auf einen Anlass zu warten ...
Waah!

Es schneit!
Nanu?
Wer bist du denn?
Boing
Dieses Schneekind brachte uns den Winter!
Ein Schneekind?
Trippel
Trippel
Mh

?
Gebt ihm ein paar Mandarinen.
Hier, bitte!
Gwipp
Fwaah
Danke.
Mandarinen sind ihre Leibspeise.
Als Dank dafür, dass sie uns den Winter bringen ...
... ist es üblich, ihnen Mandarinen zu schenken.
Was für ein schöner Brauch!
Nanu?
Die übrigen Mandarinen sind ja gefroren!
Ha ha ha!
Da hat es uns wohl einen Streich gespielt.
Glitzer

Können wir die so denn noch essen?
カチコーンッ Zing
Gefrorene Mandarinen ...
... sind sogar richtig lecker!
Pell めりっ
Pell めりりっ
Reiß ぶちっ
Ugh ...
Schwer zu schälen ...
Der Trick lautet hier, die Schale leicht antauen zu lassen!
Hi hi
Die hier ...
... habe ich schon ein bisschen im Heiztisch aufgewärmt.
Hervorhol もぞもぞ
Wann hast du das gemacht?

Seht ihr?
Jetzt lassen sie sich ganz normal schälen.
Pell むき
Pell むきっ
つるーん Tadaa
おおーっ！ Oooh!
Hier, für dich!
Aah!
?!

A...
Aah ...
Dodomm
Dodomm
Dodomm
Dodomm
Ham
Leck
Mein Finger schmilzt ...!
Schauder
Krnch
Krnch
Krnch
Mhm
Lecker!

Das »Mandarinen-Schäl-Duell« …
… hast dann wohl du gewonnen, Mashiro.
Uh hä?
Duell?
Frau Braut! Ich gratuliere!
Sogar mein Gebieter ist von Eurer Darbietung beeindruckt!
Ich erkläre Euch zur Siegerin des Kochduells!
Ah …!

Vielen Dank!

Aber damit eins klar ist!
Du hilfst nur aus. Überanstrengung ist strengstens verboten!
Einschärf
Einschärf
Ja.
Sollte st du dich je in Gefahr befinden …
… rufst du mich sofort!
Einschärf
Ja.
Auch wenn dir irgendeine Drecksarbeit aufgezwängt wird!
Ja.
So überfürsorglich!!

Puuh! Ich hab's gesagt. Ich konnte es ihr endlich sagen ...!
Gute Arbeit, Komamaru!
Shuten konnte an dem Tag ...
... an gar nichts anderes denken.
Auf mich ist eben immer Verlass!

Shutens Winter, bevor Mashiro kam

Knirsch
Knirsch
Schau nur!
Die Schleife an diesem Ast!
Wenn wir diesem Weg folgen ...
... gelangen wir zur Wiese, von der die Kinder sprachen.
Verstehe. Ziemlich gut versteckt ...
Knirsch
Rutsch
Uwah!
Uh!
Stürz
Möchtest du vielleicht doch meine Hand halten ...

… Herr Shuten?
Es geht schon.
Aber du stolperst schon zum fünften Mal.
In diesem Körper fällt es Euch schwer, die Balance zu halten.
Ugh …
Natürlich gibt es einen Grund, warum Herr Shutens Körper geschrumpft ist.
Das kam so …

Kapitel
10

Wir drehen die Uhr ein paar Stunden zurück ...
NEKOMATAS
KITA
Sooo!
Mit der Wäsche bin ich für heute durch!
Wer will etwas Süßes?
Iiiich!
Jetzt habe ich mich schon richtig ...
... an die Arbeit hier gewöhnt!
Duu, Frau Ma-shiro!!
Ja?
Du isst ja so viel, also verrat ich dir ein Ge-heimnis!
Ich kenne ein Feld, wo man auch im Winter ganz viele Kräuter und Wildbeeren pflücken kann!
Waah!
So einen tollen Ort kennst du?!
He·he·he
Du gehst zuerst zum Nordberg, und ...

Dampf
ホカ
Dampf
ホカ
Mit deinem Fleiß bist du mir wirklich eine große Hilfe, miau.
Schmatz
モグ
Schmatz
モグ
Nicht nur ich, auch die Kinder helfen viel!
Mampf
Mampf
Und Meister schläft immer nur!
Nibbel
Nibbel
Nibbel
Was hat es eigentlich damit auf sich ...
... dass dich alle »Meister« nennen?
Das hier war früher eine Meditationsschule!
Aber Meister hat immer geschwänzt, weil er lieber sonnenbaden wollte.
Und dann hat Yasha gesagt ...
Wenn du nichts lehrst, kannst du auch gleich als Bett arbeiten!
Keine Gewalt, miaaau!
Nekomatas
Und dann ...
... hat er den Ort zur Kita erklärt!
Kicher
Kicher
Genau!

Yasha stammt selbst von hier, miau.
Als er noch klein war, schlief er oft auf meinem Bauch.
Jetzt ist er so groß geworden, miau!
Mja ha ha
Hi hi
Das stelle ich mir sehr niedlich vor.
Als er noch klein war ...
Mampf
モグモグモグモグ
Mampf
Mampf
Mampf
モグモグモグモ
Mampf
Ob Herr Shuten in seiner Kindheit ...
... auch auf Meister Nekomatas Bauch schlief?
Zzz
すぴすぴ
Zzz
ポワワ
Behaglich
Uwaaaah!
Das hätte ich gerne gesehen ...!
Das war bestimmt süß! ♡
Hat jemand meinen Namen gesagt?

Yasha!
Hmpf
Du scheinst dich hier ja gut eingearbeitet zu haben, Mashiro.
Miau. Willkommen, Yasha!
Klopf
ポン
Klopf
ポコッ
Meister, hast du wieder zugenommen?
Nur weil du immer direkt nach dem Essen schläfst!
Sei doch nicht so streng mit mir, miau.
にゅふ～
Miauuh
Du bist nur viel zu nachlässig.
Aber deshalb bin ich nicht hier.
Meister, bring mir mal bitte den Glückshammer aus dem Schatzhaus.
Und Mashiro leihe ich mir auch aus, in Ordnung?
Äh?
Mich?

Ich dachte immer, der Glücks-hammer sei nur eine Legende!
Du kennst also die Geschichte vom Däumling?
Dieser Hammer hat einen langen Weg hinter sich, aber nun ist er wieder an seinem recht-mäßigen Platz.
Ach so!
Ursprünglich gehörte dieser Schatz ja den Dämonen.
Aber seit dieser Sache ...
Ist damals etwas passiert?
Damals schwang ja eine Prinzessin den Hammer ...
... um den Däumling großzuzaubern.
Werd grooß! Werd grooß!
Seitdem ist der Hammer total wählerisch geworden ...
... und lässt sich nur noch von Frauen schwingen.

Und da komme ich ins Spiel?
Du hast es erfasst.
Wen soll ich mit dem Hammer denn groß-zaubern?
Niemanden.
Im Gegenteil ...
Du verwandelst damit Shuten in ein Kind.
Ach!
Herr Shuten soll in ein ...
... ein ...
Äääh?!
Warum denn das?!

Warum hast du Mashiro mitgebracht?!
Wir brauchen sie doch für den Glückshammer.
Aber das muss doch nicht ausgerechnet Mashiro tun ...
Bin ich etwa nicht gut genug?
Uh...
Darum geht's doch nicht ...

Ich will nicht, dass Mashiro mich in der schwächlichen Form eines Kindes sieht ...!!
Sträub
Genier
Dodomm
Herr Shuten als Kind!
Das muss ich unbedingt sehen!
Domm
Stell dich nicht so an
Du wolltest doch den Glückshammer benutzen.
Ugh ...
Wieso willst du denn in ein Kind verwandelt werden?
Nun ja ...
Diese Information ist noch nicht öffentlich, aber ...

Seit Kurzem werden immer mehr Ayakashi-Kinder als vermisst gemeldet.
Die Berge wurden schon nach ihnen abgesucht, aber bisher ohne Erfolg.
Es ist gefährlich, sich im Winter lange in den Bergen aufzuhalten.
Höchste Eile ist geboten, also bin ich jetzt dran.
Da ausschließlich Kinder vermisst werden …
… und es sich hier womöglich um Entführungen handelt …
… will mein Gebieter in der Rolle des Lockvogels nach den vermissten Kindern suchen.
Vielleicht kann auch meine Spürnase behilflich sein …
Die Kinder wurden vielleicht entführt …?
Und ich habe nur an mich gedacht, weil ich Herrn Shuten als Kind sehen wollte …
Wie taktlos von mir …
Das steht noch nicht fest.

Bisher ...
... wissen wir nur, dass die verschwundenen Kinder auf dem Weg ...
... Richtung Norden waren.
Richtung Norden ...?
Der Nordberg!
Ich glaube, ich weiß, wo die Kinder hinwollten!
W...
Wie bitte?!

Und so wurde Herr Shuten zu einem Kind …
… und wir begaben uns auf die Suche.
Poff
Weeerd klein!
Weeerd klein!
Wah
Ma-shiro …
Mir wäre es lieber, wenn du sicher zu Hause …
Knirsch
knirsch
Kommt nicht in-frage!
So ein sü... kleines Kind … .
… wie du es bist, wird garan-tiert entführt, wenn es ganz allein ist!
Aber genau das ist doch der Plan …
Einem er-wachsenen Mann als Be-gleiter würde der Täter sich vielleicht nicht zeigen.
Und im Notfall kann nur ich dich mit dem Glückshammer zurückver-wandeln.
Das stimmt …
Yasha musste zu Hause bleiben.

Kyuuuuu
Diesen sü... kleinen Herrn Shuten ...
... würde ich am liebsten selbst entführen ...!!
Genier
Jetzt hält sie sogar meine Hand ...
Da geht mein letztes Fünkchen Würde dahin!
Frau Mashiro verkneift sich ...
... schon seit geraumer Zeit das Wort »süß«!
Mit mäßigem Erfolg ...
Komamaru!
Sollte Gefahr drohen, bringst du Mashiro sofort in Sicherheit!
Raun
Jawohl!

51 …
52 …
53! Dieser Baum dort ist es!
Shaaa
Waah!

Als sei hier bereits Frühling!
Wie herrlich!
Flatter
Und dazu dieser süße Duft!
Verstehe.
Hier ist eine Barriere.
Diring
Winterkinder können diesen Bereich nicht betreten, also ...
... herrscht hier ewiger Frühling.
Mashiro!
Geh nicht zu weit ...
Weh
Plumps
?!

Herr Shuten ?!
Stürz
Mein Gebieter ?!
Er schläft …?
Zzz
Zzz
Raschel
F…
Frau Braut …
Äh?

Grrr
ぐるるーっ
Ah …

...!
Wo ...?
Mein Körper ist wieder normal ...
Nein! Tu das nicht, bitte!
Mashiros Stimme?!

Mashiro!
Srrt
Pack
Ich helfe dir!
Wirbel
Groaaaaah?!
Bamm

Niemand krümmt meiner Braut auch nur ein Haar!!
Herr Shuten!

ぎゅううう
Drück
Mashiro!!
Bist du verletzt?!
バッ
Wupp
ペタ
Fummel
Hat er dir was getan?!
Äh... Nein, alles gut ...
ペタ
Fummel
Oho! Wie heißblütig, General!
?!

Du bist doch ...
Beni-tsubaki?!
Ganz genau!♥
Lange nicht gesehen!
Ächz
Mich kennst du doch auch ...
Aua ...
Seijuro?!
Entschuldige! Ich dachte, du wärst ein Bär oder so ...

Färbe
Das Feld ist gesperrt ...
... weil die beiden von den Pflanzen dort Farbstoffe beziehen.
Was für ein Zufall, dass ihr euch kennt!
Genau. Wir betreiben hier eine Färberei.
Wir haben dort alle möglichen Pflanzen angebaut.
In letzter Zeit kommen viele Kinder zum Spielen dorthin ...
... was an sich kein Problem wäre, aber ...
Dort wächst auch eine Blumenart, deren Pollen auf Kinder wie ein Schlafmittel wirkt.
Andauernd finden wir dort schlafende Kinder!
Sie erwachen erst nach zwei bis drei Tagen wieder.
Wir haben sie alle hier untergebracht.
Sobald sie wach sind, / schicken wir sie nach Hause.
すや すや
Zzz Zzz
Während Ihr schlieft, verwandelte Frau Mashiro Euch mit dem Hammer zurück.
Kurz darauf seid Ihr erwacht.
Verstehe.

Ihr wart also die Übeltäter!
So viel Lärm um nichts ...
Ah ha ha
Dachtest du, wir seien Verbrecher?
Bitte entschuldigt. Wir dachten nicht, dass daraus so eine große Sache werden würde.
Oder, Blümchen?
Wenn unsere Söhne das Haus verlassen, vergehen meist Wochen ...
... bis wir wieder von ihnen hören!
Nicht wahr, Bärchen?
ぬはは Ha ha ha
Damit hätten wir also diesen Fall ...
... mit Erfolg aufgeklärt!
Uwah?!
Dieser Tee ist ja violett?!
Benitsubaki hat das Wasser im Färbetopf gekocht.
Ich hatte sie noch angefleht, es nicht zu tun.
Deswegen hast du vorhin also so geschrien ...
Welch originelle Farbe für einen Tee.

Gh...
Meine Würde ... Meine Würde ist ...
ぎゅーっ
Drück
Würde im Wanken.
...
So übel ist es gar nicht, ein Kind zu sein.

Ein sich ähnelndes Paar

Und wieder wäre ein viertes Panel Platzverschwendung.

Das Rätsel um die verschwundenen (?) Kinder war gelöst.
Übernachtet doch hier!
Eigentlich sollte ich möglichst schnell in der Burg Bescheid geben ...
Mein Gebieter, das kann ich doch übernehmen!
Du musst unseren selbstgemachten Pflaumenlikör probieren!
Ja, bleibt noch ein bisschen! Wir haben uns so lange nicht mehr gesehen!
Wir wurden eingeladen, bei diesem Dämonenpaar die Nacht zu verbringen. Die beiden betreiben eine Färberei ...
... und sind alte Bekannte von Herrn Shuten.
Dann mache ich mich schon mal auf den Weg.
Knirsch
Knirsch
Danke, Komamaru.
Pass auf dich auf!

Na dann!
Koch ich uns mal ein nettes Abend-essen!
Aber nicht im Färbetopf, bitte!!
Verdreckt
Äh? Wär das ein Pro-blem?
Nick
Nick
Dann wird auch noch das Essen lila!
Genau wie der Tee!

Kapitel
11

Lieb, dass du mir hilfst! Eigent-lich bist du ja ein Gast.
Das macht gar nichts! Ich koche total gerne!
Das beruhigt mich ja.
Rühr
Rühr
Wäscht Reis.
Oh! Aber Es-sen tu ich noch viel lieber!
Da hast du aber einen gesunden Appetit!
Weißt du ...
Weder mein Mann noch ich machen uns viele Gedanken übers Essen.
Einmal hätte ich einem Gast beinahe im Färbetopf gekochten Reis ser-viert ...
Schmier
Schlier
Unbekümmert
Dann war sogar der Reis lila ...?!
Schock
Muff
Muff

Essen verschwindet doch eh immer gleich im Magen.
Lohnt sich da überhaupt so ein Aufwand?
Natürlich!
Ich meine …
Man möchte doch, dass …
… der geliebte Ehemann jeden Tag etwas isst, das nicht nur satt macht, sondern auch richtig gut schmeckt!

Pack
Stimmt!
Das leuchtet ein!
Wirklich?!
Allianz der lieben-den Ehe-frauen
Na gut!
Dann geb ich mir mal richtig Mühe!
Bitte hilf mir, Mashi-ro!
Ja, Beni-tsubaki!
Ach!
»Beni« genügt! ♡
Gut! Beni!
Zuerst schneide ich das Fleisch!
Krcks
Krcks
Doch nicht mit der Axt!
Loder
Und dann bra-ten!
Das Feuer brennt viel zu stark!
Der Ehemann soll die Lie-be heraus-schmecken können!
Oh ja!
Schepper
Wumms
Sie hören alles.
Zitter
Gerührt
Zitter
Oooh ...
Ich liebe dich auch, Mashiro ...! ♡
Kyu
Kyuuu
Die zwei verstehen sich gut, was?
Das ist doch schön!
梅酒

Dampf
シュン
Dampf
シュン
Aber ...
... wer hätte gedacht, dass du dir mal eine Menschenbraut nimmst!
He he
?!
Du hast es also gemerkt?
Blümchen und ich waren ja schon immer menschenlieb.
Sie hat es auch gleich gemerkt.
Du ... kritisierst mich nicht?
Sie ist dir so wichtig, dass du mich ohne Zögern durch den Raum geschleudert hast.
Hauptsache, du bist glücklich.
...
Davon abgesehen ...

Ha ha ha
... wusste ich schon von deinem Schwarm.
Alkohol macht dich immer gesprächig!
Hmpf
Diesmal trinkst du mich nicht unter den Tisch!
So, ihr lieben Ehemänner!
Wir haben euch ein köstliches Mahl zubereitet!
Also kommt ...
... und helft, den Tisch zu decken!
Oh!
Das sieht ja prächtig aus!
Das war sicher viel Arbeit ...
Ach nein, es hat Spaß gemacht!
Klapper
Scharr

Lecker!
Mampf ムシャ
Mampf ムシャ
Blümchen! Nachschlag, bitte!
Kommt sofort!
So viel habe ich dich schon lange nicht mehr essen sehen!
Hi hi!
Es ist echt schön zu sehen, wie ihm das Essen schmeckt!
Danke für die Lektion, Mashiro!
Schling モリ
Schling モリ
Schling モリ
Schling モリ
Schling モリ
Nicht wahr?!
Du hast dir auch viel Mühe gegeben, Beni!
Also hast du eine neue Menschenfreundin.
Das freut mich für dich!
Hi hi! Toll, nicht wahr?
Äh?!
Meint ihr damit ...
Alles gut, Mashiro.
Die beiden wissen, dass du ein Mensch bist.
Ach so ...?

Schon vor unserer Heirat suchte Beni den Kontakt zu Menschen.
Sie schrieb den Dorfbewohnern oft Briefe.
Ja. Ich wollte sie zum Essen einladen …
… aber niemand kam. Alle hatten Angst vor Dämonen.
Gar niemand …?
Aber dann kam Bärchen auf die Idee …
Benitsubaki! Ich werde den bösen Dämon spielen, der das Dorf bedroht …
… und du kannst die Retterin sein, die mich in die Flucht schlägt!
Dann werden sicher alle verstehen, dass du …
… ein herzensguter Dämon bist, den niemand fürchten muss.
Jaul
Verlasst euch auf mich!
わぁー
Jubel
Und so … … vermittelte er zwischen mir und den Menschen.
Seijuro war schon immer ein Draufgänger.
Ziemlich verrückt.
Ich dachte einfach, bei der richtigen Gelegenheit werden sie sich schon verstehen!

Die richtige Gelegenheit ...
Dämonen und Menschen ...
... können also auch Freunde sein ...
Jedenfalls hatte ich seitdem einen guten Draht zu den Dorfbewohnern ...
... aber damit der Schwindel nicht aufflog ...
... zog Bärchen in die weit entfernten Berge. Nur einen Brief ließ er mir zurück.
Ganz allein? Wie traurig!
Ich habe geweint, als ich seinen Brief las.
Doch Shuten ...
Benitsubaki, du Dummerchen.

Wenn du vor Einsamkeit sogar weinst ...
... dann mach dich gefälligst auf den Weg ...
... und hol ihn dir zurück!
Genug geheult!
Nun geh schon.
Schnief

Dann bin ich ihm hinterher ...
... und schwups, waren wir verheiratet! ♡
ぎゅっ
Drück
Was für eine tolle Liebesgeschichte!
Ich wollte Blümchen nur helfen, ihren Wunsch zu erfüllen, aber ...
Ohne Bärchen an meiner Seite wäre ich wohl kaum glücklich geworden!
Küss Küss
Du hast die beiden zueinander geführt, Herr Shuten!
So viel hatte ich mir eigentlich gar nicht dabei gedacht ...

あははっ
Ha ha ha
Und dann dachte der Typ, Bärchen wäre ein echter Bär ...
... und stellte sich tot!
Er war sicher Furcht einflößend!
Aber weißt du, was er dann gemacht hat? Er ...
Wollen die zwei etwa die ganze Nacht durchquatschen?
Frauen haben sich doch immer viel zu erzählen.
Am besten mischen wir uns nicht ein.
ジャブ hrubb
ジャブ hrubb
So. Der Abwasch ist so gut wie erledigt.
Nimm du ruhig schon ein Bad, Shuten!
Zum Bad geht's ein paar Meter den Schneeweg entlang!
Danke, sehr gern.

Und?
Hicks
ヒック
Wie weit seid ihr zwei schon gegangen?
Äh?!
W...W... Wie weit? Meinst du ...
A... Also ...
もじもじ
Drucks
もじ
Drucks
Komm schon, verrat's der lieben Beni!
こしょこしょ
Tuschel
Tuschel
Hm?
Äh?!
Nur bis zum Kuss?
Höchste Zeit, aktiv zu werden! Frauen brauchen Mumm!
M...
Mumm ...?
Wenn das so ist ...

Heiße Qu
Es gibt hier eine geheime Quelle ...
... die Glück in der Ehe bringt. Nimm doch gleich mal ein Bad!
Waah!
Ein natürliches Freiluftbad!
Das Wasser ist trüb!
Tapp
Tapp
Plopp
Waahh
Sehr heiß, aber ...
... so angenehm!
Meine Fingerspitzen kribbeln ...
Das stimmt ...

Herr Shuten ?!
ジャバッ
Platsch
...!
Ah ...
Platschwapp
ちゃぷんっ
Die Quelle bringt Eheglück?
Etwa weil man gemeinsam darin badet?!

E... Entschuldigung!
Ich hab dich in all dem Dampf gar nicht bemerkt.
Zum Glück ist das Wasser so trüb ...!
ドキドキ
Dodomm
Dodomm
M... Macht ja nichts ...
Vor lauter Überraschung konnte ich sie nicht mal warnen!
Bestimmt steckt Beni dahinter ...
ドキドキ
Dodomm
Dodomm
Aaaah!
Aber es ist Zeit, aktiv zu werden!
Frauen brauchen Mumm!
Schön ruhig bleiben!
Die eigene Braut baden zu sehen, ist ja kein Verbrechen!
Gut!
Ich dreh mich ganz entschlossen um!
ドキドキドキドキドキ
Dodomm
Dodomm
Dodomm

Wupp
ちゃぽっ…
Ah…
Badumm
Das haut einen um!!

Oh, du trinkst ...?
Ja ...
Darf ich dir nachschenken?
?!
Gern ...
Hier, bitte ...
Danke.
Gluck
Gluck
Auf ihrer zarten Haut ...
... perlen Wassertropfen ...
So schön ...

Am liebsten würd ich sie sofort vernaschen!!
...!
Was macht man ...
... wohl in solchen Situationen ...?
N... Naja ... Also ...
Sich berühren ...
... vielleicht ...?
Berüh...?!
Nein!
Vergiss, dass ich das gesagt hab!
Nein ...!

Dann werde ich das nun tun!
Frauen brauchen Mumm!
Dodomm
Äh?!
Sie nimmt das Steuer in die Hand?!
Schluck
Meine Braut ist ja mutig! ♡
Dodomm
Dodomm
...
...!
Und hepp!
Zitter
Zitter
Tipp
Prust

So eine federleichte Berührung kitzelt doch nur!
Ha クッ ha クッ ha クッ
V... Verzei-hung!
Ich wollte nicht zu doll ...
Mashiro.
Gwipp ぎゅっ
Ich glaube, ich will ...

... dich doch von mir aus berühren.

Okay …
Dodomm
Streich
…!
Drück
Von der Hitze des Wassers …
Dodomm
Küss
… und Herrn Shutens Hitze …
Dodomm
Küss
Hm!
… wird mir ganz schwindelig …

Die Braut des Dämons will gegessen werden ② / Ende

Nachwort

Ich freue mich, wenn wir uns im dritten Band wiedersehen!

Die Braut des Dämons will gegessen werden

Special

Die Braut des Dämons isst ganz schön viel

Keiko Sakano

Mashiro und Shuten machen in ihrer Ehe viel schneller Fortschritte als erwartet. Während ich darüber nachdenke, merke ich, dass es noch so vieles gibt, was ich erzählen möchte. Es macht sehr viel Spaß, ihr entspanntes Liebesgeplänkel zu zeichnen.

Die Braut des Dämons will gegessen werden

Fantasy 13 +

Yuna aus dem Reich Ryukyu

Wataru Hibiki

Mit ihren roten Haaren und wundersamen Kräften hat es Yuna nicht leicht. Von den Menschen als ein arglistiges Geistwesen verschrien, bleibt ihr oft nur die Gesellschaft ihrer Wächterlöwen Shi und Sa. Zumindest bis sie auf den jungen König von Ryukyu trifft ...

Fantasy 13+

Die Legende von Azfareo

Shiki Chitose

Im Schloss des Königreichs Azfareo haust ein fürchterlicher Drache. Rukul wird auserwählt, ihm zu dienen. Das aufbrausende Temperament der Bestie verschreckt sie zunächst, doch sie bemerkt schnell, dass sich hinter seiner rauen Schale eine sanfte Seele verbirgt. Jedoch rankt sich um den Drachen und den verschwundenen König noch ein großes Geheimnis ...

Green Garden

Sozan Coskun

Auf der Suche nach ihrem Vater begibt sich Mai zur legendären Traumwerkstatt von Professorin Vendricks, die mit Mais Vater an einem Forschungsprojekt gearbeitet hat. Die beiden kamen dem dunklen Geheimnis einer schier unerschöpflichen Energiequelle auf die Spur, für die die Menschheit einen sehr hohen Preis zahlt. Als Mai den Laden betritt, ahnt sie nicht, dass dies der Beginn einer Reise ist, die ihr ganzes Land verändern wird …

Romance 13 +

Du erwachst im Frühling

Asato Shima

In der Grundschule wurde Ito immer von dem sieben Jahre älteren Nachbarsjungen Chiharu beschützt. Der leidet allerdings an einer schweren Krankheit und wird in einen Kälteschlaf versetzt, bis es eine Chance auf Heilung gibt. Als er nach sieben Jahren erwacht, ist aus dem »großen Bruder« ein Gleichaltriger geworden und Ito entdeckt ganz neue Gefühle für ihn …

altraverse

Deutsche Ausgabe / German Edition
Altraverse GmbH – Hamburg 2022
Aus dem Japanischen von Rahel Niedermann

ONI NO HANAYOME WA TABERARETAI by Keiko Sakano
© Keiko Sakano 2021
All rights reserved.
First published in Japan in 2021 by HAKUSENSHA, Inc., Tokyo.
German language translation rights arranged with HAKUSENSHA, Inc., Tokyo
through Tuttle-Mori Agency, Inc.

Redaktion: Gwyneth Minte
Herstellung: Cathrin Hamester
Lettering: Vibrant Publishing Studio

Druck: CPI books GmbH, Leck
Printed in Germany

MIX
Papier
FSC FSC® C083411

Alle deutschen Rechte vorbehalten.
ISBN 978-3-7539-0320-0
1. Auflage 2022

www.altraverse.de